LE MARABOUT

DE

SIDI-BRAHIM

POÈME

DÉDIÉ A L'ARMÉE

PAR Mme LOUISE COLET;

SUIVI

DE LA CHANSON DES SOLDATS D'AFRIQUE

MUSIQUE D'H^{te} COLET,

PROFESSEUR AU CONSERVATOIRE.

PRIX : 1 FRANC.

PARIS

AUBERT ET Cie, PLACE DE LA BOURSE

ET CHEZ LES PRINCIPAUX LIBRAIRES

1845

LE MARABOUT

DE

SIDI-BRAHIM

POÈME

DÉDIÉ A L'ARMÉE

PAR Mme LOUISE COLET;

SUIVI

DE LA CHANSON DES SOLDATS D'AFRIQUE

MUSIQUE D'Hte COLET,

PROFESSEUR AU CONSERVATOIRE.

PRIX : 1 FRANC.

PARIS

AUBERT ET Cie, PLACE DE LA BOURSE

ET CHEZ LES PRINCIPAUX LIBRAIRES

1845

40671

PARIS, IMPRIMÉ PAR PLON FRÈRES,

36, RUE DE VAUGIRARD.

LE MARABOUT

DE SIDI-BRAHIM

RÉCIT D'UN CAPORAL.

Héroïques débris à la mort échappés,
Quoi! douze seulement n'ont pas été frappés!
Le visage couvert de sang et de fumée,
L'uniforme en lambeaux, douze ont rejoint l'armée
Sans armes, éperdus ; un seul, leur caporal
Rapporte son fusil, et du combat fatal,
Épuisé, la voix rauque et l'œil mouillé de larmes,
Il fait ce grand récit à tous ses frères d'armes :

« Ils avaient massacré, jusques aux derniers rangs,
Notre beau bataillon des chasseurs d'Orléans.
Le brave colonel Montagnac tombe en tête.
Il mourut en disant : « Que rien ne vous arrête;
« Combattez, mes amis, et laissez là mon corps. »
Il fut enseveli sous trois cents Français morts!
L'arrière-garde encor résistait avec peine;
Nous étions quatre-vingts et notre capitaine
L'intrépide Géraud. « Vous qui restez debout, »
Cria-t-il, « suivez-moi jusqu'à ce marabout! »
Nous volons sur ses pas. Cinq sont frappés en route;
Les autres ont gagné cette étroite redoute
Où, cernés par l'Émir, sans vivres, sans secours,
Notre faible cohorte a combattu trois jours.

D'abord, nous retranchant derrière la muraille,
Nous pouvons nous défendre et braver la mitraille;
Dans une cour formés en quatre pelotons,
Nos corps doublent l'enceinte où nous nous abritons.
Mille balles sifflaient dans l'air; le capitaine
Prit à son lieutenant, le jeune Chapdelaine,
Une ceinture rouge, avec mon mouchoir bleu
Il en fit un drapeau : puis à travers le feu,
Au haut du marabout, j'allai planter moi-même
Ce signal, espérant qu'avant l'heure suprême
Un régiment français pourrait l'apercevoir.
Je descendis; bientôt je revins pour mieux voir,
Une lunette en main : rien!... pas un seul des nôtres
N'apparaissait au loin; je rejoignis les autres.

Pourtant Abd-el-Kader avec ses cavaliers
Bloquaient le marabout; des Français prisonniers

Étaient là dans son camp; à l'un d'eux il commande
De venir décider notre petite bande
A se rendre : Celui qui gravit la hauteur
Fut reconnu vivant par nous avec bonheur;
C'était un de nos chefs, Dutertre, capitaine,
Il marchait le corps droit et la mine hautaine.
Quand il fut arrivé devant le marabout :
« Compagnons, » nous dit-il, « la France saura tout;
» Pas de faiblesse, amis, pas de lâches alarmes;
» Si je ne vous invite à mettre bas les armes,
» L'Émir m'a menacé de me décapiter;
» Eh bien! je vous engage à toujours résister.
» Mourez jusqu'au dernier s'il le faut! » Ce langage
Électrise nos cœurs, double notre courage;
Nous lui crions : Adieu! lui, part résolument,
Et de sa tête il paye un si beau mouvement.

Après lui, par trois fois nous vîmes apparaître
Un Arabe à cheval apportant une lettre.
L'Emir nous écrivait : « Vos têtes tomberont
Si vous ne vous rendez! » — « Tous les Français mourront, »
S'est écrié Géraud, « plutôt que de se rendre! »
Et la dernière fois, pour mieux se faire entendre,
Il répond : « C'est assez, nous sommes résolus,
Continuez l'assaut, ne parlementons plus. »

Aussitôt des deux parts un feu vif recommence,
Vigoureuse est l'attaque autant que la défense.
Dans cet étroit réduit toujours fortifiés,
Nous avions pour abri un mur de quatre pieds.
Les balles se croisaient avec le jet des pierres,
Les sabres se heurtaient contre les cimeterres.

Ainsi l'on se battit une heure à bout portant ;
Puis l'Émir suspendit cette lutte un instant
Pour recueillir ses morts tombés dans le carnage.
Nous n'avions qu'un blessé d'une balle au visage.
Les kabyles, bientôt recommençant le feu,
Chargèrent jusqu'au soir ; la nuit on tira peu.
Cette nuit de répit fut par nous employée
A garnir de créneaux l'enceinte mitraillée,
A couper chaque balle en quatre ou six morceaux,
Au jour nous étions prêts pour de nouveaux assauts.
A dix heures, l'Émir et sa cavalerie
Vinrent renouveler l'attaque avec furie.
Ce fut rude ; debout et toujours l'arme en main,
Nous nous sommes battus jusques au lendemain.
Abd-el-Kader, lassé de tant de résistance,
Fit sonner la retraite et quitta l'éminence,
Ne laissant alentour que cinq cents fantassins,
En trois postes égaux qui fermaient les chemins.

Le troisième jour, plus faibles, nous sentîmes
Que de la faim bientôt nous serions victimes ;
Et nous fûmes réduits en ces extrémités,
A de vils aliments par l'homme rejetés.
Comment nous échapper ? Partout des sentinelles,
De six pas en six pas se répondaient entre elles ;
Quelques-unes voyant notre affreux dénûment,
Venaient nous proposer des fruits et du froment.

La nuit vint, épuisés, sentant la mort prochaine,
Il ne nous restait plus qu'une chance incertaine :
Quitter le marabout et fuir ; on tint conseil ;
On fixa le départ au retour du soleil.

Dès l'aube nous sortons le capitaine en tête,
Nous renversons un poste avec la baïonnette,
Nous formons un carré, l'un par l'autre affermis,
Et nous nous dérobons aux groupes ennemis.

Nous longions un ravin, en face d'un village ;
Quoique faibles, déjà nous reprenions courage.
Nous n'avions jusque-là que quatre hommes blessés,
Quand, soudain du hameau sortant à flots pressés,
L'ennemi nous cerna dans la plaine stérile :
Nous étions quatre-vingts, ils étaient quatre mille !
Désespérant du sort, alors, pour en finir,
Nous fondîmes sur eux en les voyant venir ;
Nous perçâmes leurs rangs pour nous frayer passage,
Mais ce fut le moment d'un horrible carnage.
Les Arabes sur nous tiraient de tous côtés,
Comme en un tourbillon nous étions emportés ;
Nos morts dans le ravin roulaient sans intervalle.
Il ne nous restait plus ni cartouche ni balle ;
Dans un champ de figuiers précipitant nos pas,
Nous pûmes nous compter ; que de pertes, hélas !
Quarante survivaient avec le capitaine,
Quarante étaient restés morts avec Chapdelaine ;
Tous nos efforts sont vains, il faut mourir comme eux,
Les Arabes sur nous se pressent plus nombreux ;
Alors le désespoir s'empara de nos âmes,
En nous disant adieu nous nous précipitâmes
La baïonnette au poing pour vendre chèrement
Dans ce dernier combat notre dernier moment.
Ce fut des deux côtés une affreuse tuerie !...
Le capitaine mort !... plus que quatorze en vie !

Dont douze seulement se sont sauvés enfin ;
C'est nous, frères, voyez! nous expirons de faim. »

Il se tut : ce récit, dont toute âme est saisie,
Est au-dessus de l'art et de la poésie ;
Avec un saint respect nous l'avons écouté,
Et redit simplement dans sa sublimité.

A L'ARMÉE.

Soldats, en relisant cette page homérique,
N'enviez plus les traits de l'héroïsme antique ;
Ils sont tous égalés par vos traits de valeur ;
Un beau revers parfois surpasse la victoire,
Oh ! pour les nations c'est encore une gloire,
        Qu'un sublime malheur !

La victoire d'ailleurs sera votre vengeance,
Vous ferez triompher les armes de la France ;
Vous la représentez, elle est sûre de vous,
Et, pour vaincre au désert les troupes musulmanes,
De vos frères martyrs les héroïques mânes
        Dirigeront vos coups.

De toutes ces tribus, qui lassent la clémence,
Alors vous leur ferez une hécatombe immense ;
Et, sur le monument par la France érigé,
Quand de l'Émir vaincu tombera la bannière,
Le bataillon sacré, dans sa couche de pierre,
        Reposera vengé.

CHANSON

DES

SOLDATS D'AFRIQUE,

MUSIQUE D'H⟨ʳᵉ⟩ R⟨ᵈ⟩ COLET,

PROFESSEUR D'HARMONIE VOCALE ET INSTRUMENTALE AU CONSERVATOIRE.

- dons des repré sail-les, Oui, nous deman-dons des re-pré-

Nous demandons des repré-sail-les, Oui, nous deman-dons des re-pré-

Allegro.

- sail les, Mais au grand jour, fer con - tre fer.

- sail - les, Mais au grand jour, fer con - tre fer. Ra-ta -

Plus d'es - car - mou - ches, des ba - tail - les...

plan, ra - ta - plan, ra - ta - plan, ra - ta - plan, ra - ta -

Il revient, celui qui nous guide,
Le canon gronde, heureux signal!
C'est lui, c'est Bugeaud l'intrépide,
Entourons notre général :
Ne formons qu'une seule armée (*bis*)
Soumise à son commandement,
Qui d'une seule âme animée
Marche vers un grand dénoûment.

Ra ta plan,
En avant,

Feu roulant
A la file,
Rechargeons
Nos canons
Et tirons
Au Kabyle !

N'en finirons-nous pas !
Tous ces petits combats
Nous échauffent la bile ;
Frappons donc de grands coups,
La France a l'œil sur nous.

L'Émir a fui, marchons plus vite ;
Il nous faut l'Émir mort ou vif !
En vain, par la fuite il évite,
Un dernier combat décisif,
Nous l'atteindrons ; c'est notre affaire (*bis*) ;
Que l'Anglais n'y prenne point part :
L'honneur le veut ; d'abord la guerre,
Nous parlerons de paix plus tard.

Ra ta plan,
En avant,
Feu roulant
A la file,
Rechargeons
Nos canons
Et tirons
Au Kabyle !

N'en finirons-nous pas !
Tous ces petits combats
Nous échauffent la bile ;
Frappons donc de grands coups,
La France a l'œil sur nous.

Si le Maroc n'est pas hostile,
Nous le laisserons vivre encor ;

S'il trahit, nous avons Joinville
Pour recommencer Mogador !
Lorsque Joinville vous bombarde (*bis*),
Vous savez qu'il n'est pas manchot ;
Qu'Abderrhaman y prenne garde,
Cette fois-ci ce serait chaud !

Ra ta plan,
En avant,
Feu roulant
A la file,
Rechargeons
Nos canons
Et tirons
Au Kabyle !

N'en finirons-nous pas !
Tous ces petits combats
Nous échauffent la bile ;
Frappons donc de grands coups,
La France a l'œil sur nous.

Les soldats ont raison, on marche à la victoire
Avec de tels élans ; la foi du point d'honneur,
La foi qui fait mourir, la foi qui rend vainqueur
Sous l'Empire enfanta des miracles de gloire,
Oh ! n'altérez jamais cette foi dans leur cœur.

TYPOGRAPHIE PLON FRÈRES, RUE DE VAUGIRARD.

www.ingramcontent.com/pod-product-compliance
Lightning Source LLC
Chambersburg PA
CBHW061512170626
46811CB00004B/1712

* 9 7 8 2 0 1 3 5 2 4 8 4 1 *